Für Andrea

Sigrid Kruse
Das Betreten der Brücke

„Auf des Daseins geschwungener Brücke
Höre ich dann und wann so ein Lied
Kann nicht recht vorwärts und kann
nicht zurücke
Doch ich fühle, daß alles geschieht."

Ernst Blass, Nachts

Sigrid Kruse

Das Betreten der Brücke

Gedichte

Gilles & Francke

CIP-Kurztitelaufnahme der Deutschen Bibliothek
Kruse, Sigrid
Das Betreten der Brücke: Gedichte/Sigrid Kruse. –
Duisburg: Gilles & Francke, 1983.
ISBN 3-921104-76-9

ISBN 3-921104-76-9
Gesamtherstellung: H. Oppenberg KG, Duisburg

Erzähl mir keine Märchen

Sieh dich nicht um

Du siehst dich um
mit besorgter Miene,
nichts vergessen,
entfernst die weißen Spuren meines Fellmantels
sorgfältig von deinem Ärmel.
Sieh dich nicht um!
Du hast meine Warnung überhört,
weil du schon fort warst.
Du tanzt auf allen Hochzeiten in zu kleinen Schuhen.
Sei still,
erzähl mir keine Märchen mehr,
die ich schon kenne.

Abstand

Manchmal
gehst du neben mir
die Treppe hinunter,
redend über deine Pläne ab morgen
und wie du so geworden bist.
Vor der Tür
schneidet dir der Wind das Wort ab.
Du kannst noch winken.
So seh ich dich
ziemlich weit weg.

Morgen

Ich weiß, wie alles sein müßte,
immer einen Tag später.
Ich höre das Schlagen der Tür,
beseitige die Spuren
der flüchtigen Mahlzeit,
blättere in Zeitungen
der letzten Woche.
Wieviel mehr hatte ich dir sagen wollen.
Wieviel näher hatte ich dir kommen wollen.
Am Telefon klingst du wieder vertraut
und so weit weg.

Märztag

Die Alten sind im Recht:
Es war ein langer Winter.
Die Kinder erkennen den März
am Geruch von Grün.
Ich bin so alt wie der Park,
gib deinen schwarzen Pullover
als Schutz vor zuviel Licht.

Jahrelang

Doch
wir hatten die Hand schon ausgestreckt,
uns zu verwandeln.
Bevor ich lernte, dich zu lieben
zwischen zwei Türen,
das Kind von einem zum anderen lief
mit einer Nachricht,
hattest du schon eine Grube gegraben
für meine Müdigkeit zur falschen Zeit,
für zwei Kinderfäuste mit Gras und Blumen.
Unser unterbrochenes Gespräch drehte sich fort,
fast geräuschlos.
Den weißen Wollschal
des ersten Winters
sah ich gestern noch an der Garderobe.

Zwischenräume

Wir haben das Geräusch
des Eisschranks überhört,
die Stimmen auf dem Flur,
das Bellen der Hunde
auf der Straße.
Wir hatten die Vorhänge zugezogen,
Tee und Brot geteilt,
von Zeit zu Zeit.

Einmal glaubte ich,
ein Zimmer würde reichen,
zwei Stühle, ein Tisch, das Bett,
Erinnerungen aufzuschreiben,
wie wir ein Zimmer teilten,
von Zeit zu Zeit –
bevor wir wieder alles trennten
in dein und mein.

Hoffnung

Du kannst nichts dafür,
daß das Kind unsere Pläne durchkreuzt
mit Fingerfarben, ungiftig,
für einen Regentag gedacht.
Du kannst nichts dafür,
daß es nicht schläft,
meinen Namen ruft,
hundertmal und mehr,
in den Nächten und am Morgen.
Du kannst nichts dafür,
daß es dir die Münzen für später
aus der Hand schlägt
und dabei lacht.
Ich kann nichts dafür,
daß du nicht glaubst wie ich,
daß das vorbeigeht
mit den Jahren.

Besuch

Hier wachsen Bäume in den Himmel.
Heute ein blaues Rechteck,
weil Sonntag ist.

Weil Sonntag ist und Sommer,
alle Fenster offen
und überall Musik
und Stimmen
und ab und zu
ein Kind, das schreit.
Erstaunlich die Ordnung der
schwarzen Mülltonnen,
– Bauch an Bauch –
glänzen in der Sonne.
Wir sitzen am runden Tisch.
Das ist nicht immer so.
Du schreibst ins Unreine,
mein „second-hand-life“.
Wir sind lange nicht am Ende.
Wir gehen auf die Straße.
Kassandra aus Kreuzberg,
der niemand glaubt,
ich aus einer fremden Gegend,
lese die Schrift an der Wand,
halte mich noch in deinem Schatten
vor einem heißen Herbst.

Verwechslung

Du mußt mich verwechseln,
ich habe nicht in deinem Haus gelebt.
Ich bin dir nicht im Garten begegnet.
Du hast mir nie Kirschen
übers Ohr gehängt.
Meine Fußtritte in den Beeten
hast nicht du geglättet
oder hast du vierblättrigen Klee gesucht,
die Kartoffeln aus dem Feuer geholt,
den Ball aus den Brennesseln?
Wir haben keine Hecke gezogen
gegen die Zeit.
Du gingst weg,
ich wurde eine andere
mit der Zeit.
Wir leben zusammen
an verschiedenen Orten.
Ich geh die bekannten Wege
in alle Himmelsrichtungen,
steh an jeder Ecke,
drücke mich um die Berge herum,
warte, bis du dich entschieden hast,
bevor ich den Fluchtweg nehme.

Abend

Wenig Raum für mich
zwischen den Zeilen;
immer in Tuchfühlung mit mir.
Den Hunger verschlucken.
Die Uhr zur Wand drehen.
Sie nebenan,
unter der Schlafdecke,
trifft ihren Traum. –

Die Nacht geteilt
vom Flügel eines Vogels.
Eine Zärtlichkeit entfernt,
deine Hand, auf meiner Schulter.

Warten

Ich verlaß mich
auf die Gräser
im Wasserglas.
Auf deinem Schreibtisch
die letzten Sonnenstrahlen
versprechen einen langen Winter. –
Ich messe meine Ungeduld
am Geräusch deiner Schritte
auf der Treppe.

Winter

Der Winter dauert.
Am Fenster treibt Schnee vorbei.
Ab und zu fällt ein Wort
in die Spur von Frühaufstehern.
Auf den Telefonmasten warten Vögel
hungrig auf Nachricht.

Abschied

Unsere Hände kennen sich nicht mehr.
Ich habe vergessen,
wie du meinen Namen sprichst.
Jeden Tag
Stunden Schweigen.
Unter der Haut
die Kühle vieler Nächte.
Nur dein Gesicht
am Ende einer Straße,
in der ich mich suche.
Ich weiß nicht,
ob unsere Gedanken sich noch berühren,
oder ob wir uns schon eingerichtet haben
im Abschied.

Im Mittag

Im Mittag verbrannt,
die Asche in den Wind gestreut.
Papierworte.
Lebkuchenherzen.

Das Rätsel unserer Liebe
schreibt die Vogelspur in den Sand.
Nachts spült die Welle
Wort für Wort ans leere Ufer.

Zum Beispiel

Du, zum Beispiel,
und ich,
unter der Lichtreklame,
stumm,
mit weißen Gesichtern
einander zugewandt,
fürchten das erste Wort.

Falscher Zeitpunkt

Zu spät
hast du gespürt,
wie du dir abhanden gekommen bist.
Stück für Stück.

Nun liegst du wach.
Unter der Deckenlampe
findest du
die Gardinen grau
vom Versteckspiel der letzten Jahre.

Damit ist Schluß,
nimmst du dir vor,
fühlst dich im Recht
gegen alle.
Offen wärst du jetzt für seltene Wünsche,
aber du kommst nicht los
vom Tapetenmuster
seiner Wahl.

Dir auf der Spur...

In den grauen Quadraten des Bürgersteigs
Himmel und Hölle.

Bruchstücke aus Lesebuchgeschichten
eingemauert in der Einfahrt zum Hof:
„Mutter wäscht Wäsche, weiße Wäsche"...
Die Schwalbe aus Rechenpapier ist unterwegs
von Unterschrift zu Unterschrift.
Figurenschlagen ins neue Lebensjahr.
Eine Postwurfsendung Glück zu günstigen Preisen.
Pechmarie sitzt unbeachtet auf den Treppenstufen.

Vielleicht sind Briefe schon unterwegs mit Verträgen,
die du täglich brichst.
Verläßlich weiß ich gerade genug über dich,
um deine Spur nicht ganz zu verlieren.

Lösung

Du wärst jetzt Der...
dein Lieblingsspiel brachte mich nicht weiter.
Ich war Schornsteinfeger,
der sollte dir Glück bringen,
ich war Räuber und Gendarm,
die sollten dich das Fürchten lehren.
Aber ich wäre nie Der gewesen.
Der war fort.
Mit den Zugvögeln nach Süden,
unterwegs in den Wäldern,
unsichtbar am Horizont.

Ich war da,
den zweiten Handschuh zu finden,
das Knie zu kühlen
und die Stirn.
Er war Der,
von dem du träumtest.
Doch deinen Platz hast du hier bei mir eingenommen
und mit dir Bausteine und Fingerabdrücke.

Jahrmarkt

Halt dich fest im Wind, mein Kind.
Der Zufall hält die Wagen an.
Zuckerwatte weiß und süß
für die ergrauten Geister.
Jede Fahrt ein Versprechen.

Laß das Lachen, mein Kind.
Der da am Stand will es fangen.
An die Bretterwand geheftet,
in Blech gehüllt,
muß ich es kaufen.

Nimm mich mit, mein Kind.
Du bist schon drei Schaukeln zu hoch.
Ein Los für meine schweren Schuh.
Aus allen Lautsprechern tönt der Verlust.

Es ist soweit

Du wächst und wächst
mir unter der Hand
über den Kopf.
Schon muß ich mich
auf die Zehenspitzen stellen,
um dir in die Augen zu sehen.
Manchmal machst du dich klein,
dann ist es einfacher.

Vielleicht hätte er
dich ja mitgenommen,
aber du wolltest Saft,
dein Schlaftier
und einen Rockzipfel
und er konnte nicht warten.

Jetzt ist es soweit –
wenn du so weitermachst
kannst du es vielleicht besser machen.

Sonderbar

Sonderbar –
immer wenn du ein neues Leben anfängst,
beginnst du am Abend.
Der Wirt schreibt seinen Rat auf den Deckel.
Und mit jeder Runde
gewinnst du ein paar,
die auch so denken.
Ist doch wahr.
Ist doch alles nicht wahr.
Das darf doch nicht wahr sein.
Überlaß das Vergangene den Dichtern
und den Müllmännern für ein Trinkgeld.
Gib deine zu engen Jeans in die nächste Kleidersammlung.
Laß dich nicht aufhalten vom Sperrmüll vor deinem Haus.
Steig über die Stapel aus Altpapier.
Dich hält hier nichts mehr.
Nicht einmal deine Frauen
durchkreuzen deine Pläne,
die hoch über diese Stadt hinwegfliegen,
in der du zufällig geboren bist.
Daß du morgen vierzig wirst,
hat eigentlich nichts damit zu tun.
Einmal muß es ja sein.
Darauf gibst du noch einen aus.
Morgen ist auch noch ein Tag,
sagt der Wirt und rechnet ab.
Du bist der letzte Gast.

Unsere täglichen Kriegserklärungen

Unsere täglichen Kriegserklärungen

Ich erobere dich im Sturm,
ich nehm dir allen Mut,
ich laß dir keine Zeit zum Rückzug.
Du fällst mir in den Rücken,
du durchbohrst mich mit Blicken,
verletzt mich mit Worten.

So halten wir die Stellung,
jeder auf seiner Seite.
Ab und zu beißt du dir auf die Zunge,
ab und zu drücke ich ein Auge zu.
Ab und zu erklären wir unsere Schuld,
lassen uns in Frieden,
merken nicht unsere Niederlage.

Robinson

Mein Komplize hieß Robinson.
Unter Bäumen
wollte ich leben mit ihm
und eine Hütte bauen auf Sand.
Aber ich schlich mich weg,
bevor er mir auf die Schliche kam
und unsere Insel blieb leer.

Beweis

Such mich, bevor ich erwache,
der Tag beweist nichts. –
Sieh, ich habe gefesselte Hände
und Schuh ohne Bänder. –
Sprich mit mir über die Rundung eines Steins
und den Reif an deinem Gelenk.
Geh mit mir drei Schritt zusammen
und weiter durch die Luft.
Verlaß mich, bevor ich erwache!
Eine Nacht beweist nichts. –

Undankbar

Zugegeben,
es herrscht Unordnung
in meinem Haus,
doch du hast gründlich aufgeräumt!
Fundsachen –
hast du entfernt.
Wertgegenstände
ins richtige Licht gestellt.
Zuletzt hast du mir den
Kopf zurechtgerückt,
mich in eine Schublade gesteckt.
Zugegeben, es ist meine Schuld,
daß sie jetzt klemmt.

Bahnsteig

Wenig Zeit. –
In deinem Gesicht ist das Lächeln gezählt.
Der Abschied gleitet dir aus den Händen.
Für den Verlierer läuft die Uhr zurück.

Zufall

Abgezählt an den Kernen der Wassermelone:
Ich bleibe nicht, ich bleibe,
ich war schon fort. –
Die Stunde hat keine Chance. –
Unser Tausch ist ohne Gewinn. –
Wenn ich die Hand öffne:
Die Kerne einer Melone. Sonst nichts.

Ferienende

Ich habe gewaschenes Haar
und die Koffer gepackt,
trage schwer daran,
dich leicht zu nehmen.

Anruf

Meine Mutter spricht immer in der direkten Rede...
„Du sagst einfach“
sagt sie.
Ich lasse sie reden
von Töchtern mit Geschmack,
von steuerbewußten,
pflegeleichten,
von Urlaub mit Reisegesellschaften
und gesicherter Zukunft.

Ich habe eine Blume gemalt indessen,
einfach eine Blume
ohne Markenzeichen,
mit vielen wilden Trieben
über den ganzen Block,
die möchte ich ihr schenken
und sagen,
weißt du noch, damals?

Ich stell' mir vor

Ich stell' mir vor,
du kannst dich zweiteilen,
wie du sagst.
Und ich müßte wählen,
innen oder außen,
oben oder unten.
Ich stell' mir vor,
ich laß dich
ganz und geh.

Sandkasten

Der Kleinkrieg wird erklärt
mit der Schippe in der Hand.
Die Grenzen mit der Fußspitze gezogen.
Unter den Augen wachsamer Mütter
sind Grenzüberschreitungen selten.

Wartezimmer

Als Kind das richtige Rezept
aus jedem Mund gehört.
Regelmäßig dreimal täglich
mich in Geduld geübt.
Gewartet auf braunen Holzstühlen
wie die immergrünen Gewächse
auf eine Hand,
die ihnen den Staub von den Blättern streicht.

Manchmal

Manchmal gelingen
Gespräche
wie früher deine Sonntags-
waffeln.
Ich weiß, was ich dir sagen will
und du sagst nicht:
Ich habe keine Zeit.

Freitag

Freitagnachmittag
führen alle Straßen
an Kneipen vorbei.
Noch dazu, wenn es regnet,
wenn die Frau müde ist
und die Kinder lärmen.

Freitagabend
beginnen die ersten Sätze
mit Bier und einem Schnaps
und der Wohlstand
fällt aus den Automaten
direkt in den Schoß.

Harmonie

Sie sitzen zu viert
vor dem Fernseher.
Jeden Tag durchschnittlich 4,5 Stunden.
Sie sehen sich nicht an.
Aber ihre Hände berühren sich
ab und zu
in einer Schale mit Nüssen.

Gehorsam

Die Tochter weiß genau,
wann sie nicht widersprechen darf.
Trotzdem hat sie immer das letzte Wort,
weil der Vater wortlos zuschlägt
und die Mutter das Gesicht
in den Händen versteckt.

Unterschied

Er trinkt unheimlich.
Wie ein Mann trinkt
nach acht Stunden Baustelle im Sommer.
Er bestellt immer zwei Bier aufeinmal.

Sie trinkt heimlich,
wie eine Frau trinkt,
die viel allein ist.
Sie kauft den Likör
in verschiedenen Geschäften.
Das fällt nicht auf.
Sie spült den Mund mit Odol.

Ihren Kindern verbieten sie das Rauchen.

Kinderspiel

Ich zähl bis Hundert die Angst, die ich hab,
du schlägst nicht erst den Dritten ab.
Du schlägst mich kurz,
du schlägst mich klein.
Wer dreimal weint,
läßt mich hinein.
Ich streichle deine rauhe Haut,
hab dir die goldne Brücke gebaut.
Du schleuderst mich herum im Kreis,
weil ich deinen Namen nicht mehr weiß.
Ich lach dir ins Gesicht.
Neue Namen hab ich nicht.
Wer einmal lügt, dem glaub ich nicht.

Bedingung

Liebe zu Hunden,
weil sie gehorchen.
Liebe zu Gummibäumen,
weil sie gedeihen.
Liebe zu Kindern,
wenn sie gehorsam gedeihen!

Wi(e)dersprüche

Zeichenstunde

Du hast mich in die Ecke gestellt,
ich habe alles schwarz gemalt.

Spiel

Ich sehe was, was du nicht siehst
und das bin ich.

Hindernis

Du stellst mir kein Bein,
ich fall über meine eigenen Füße.

Großzügig

Ich reich dir den kleinen Finger,
du gibst mir die ganze Hand.

Vertrauen

Ich fall aus allen Wolken
dir in die Hände.

Mißerfolg

Du hast mir die Augen geöffnet,
nun kann ich dich nicht mehr sehen.

Einzelhaft

Meisterhaft meine Lügen.
Wahrhaft meine Angst.
Lachhaft meine Anstrengung.
Traumhaft meine Liebe.
Sagenhaft meine Illusion.
Schemenhaft mein Gesicht.
Massenhaft meine Standpunkte.
Krankhaft mein Verhalten.
Wohnhaft 12. Stock.

Diese Tage

Einer dieser Tage ohne Warnung.
Du fällst aus deiner Nacht
und schlägst deinen Lieblingstraum in Stücke.
Unverändert alles,
nur einen Tag älter.
Warum in den Spiegel sehen?
Er kennt dich am Morgen.

Alptraum

Hinter mir stürzen Häuser
lautlos wie in alten Filmen.
Steine fliegen zurück
in die Hände der Werfenden.
Mein Vater hält die Tür verriegelt
schon am frühen Nachmittag.
Meine Mutter will immer noch,
daß ich die Suppe esse,
die ich mir eingebrockt habe.
In den Kellerräumen schimmeln die Vorräte.
Meine Tochter steht an einer Straßenecke
und hält den Hut auf.
Jeder schickt mich in eine andere Richtung,
bis ich den Boden unter den Füßen verliere.
Ich falle 30 Jahre tief,
danke sage ich und bitte,
halte das schöne Händchen vor den Mund,
um nicht zu schreien.
Mit sauberen Fingernägeln
kratze ich die zehn Gebote
von der Wand.
Nachbarn drohen mit einem Lächeln.
Du liest die falschen Bücher,
du singst falsch im Chor,
du träumst den falschen Traum.

Der Narr

Da ist der Narr von nebenan
über den wir lachen. –
Aber der Narr neben dir bin ich
und du bist der Narr neben mir,
zusammen sind wir
nicht mehr lächerlich.

Das Betreten der Brücke

Amsterdam

Ohne Ballast ist das Betreten der Brücke leicht. -
Auf ein Papierschiff geladen,
treibt dein Bild in der Gracht.

Narrenliebe

Ich liebe eine Närrin,
die weiß sich keinen Rat.
Wenn mir das Lachen im Hals steckt,
steht sie Kopf.
Sie malt auf alle Plätze der Stadt Blumen,
damit wir uns nicht verfehlen.
Da wartet sie im Winter,
hält unsere Liebe warm unter ihrem Schultertuch.
Fällt ihr zufällig ein gutes Wort in den Schoß,
prüft sie es auf der Zunge.
Einen Vorrat legt sie an.
Der reicht nie für mich,
wenn ich wortlos bin.

Wenn sie sich unsichtbar macht,
hinterläßt sie Spuren auf jeder Stufe.
Und will ich davonlaufen durch offene Türen,
liegt mir ihr Lachen im Weg.

Immer mehr verfängt sie sich in ihren Kunststücken.
Nichts kommt in die Reihe.
Ich bin außer mir
und sie staunt.
Ich liebe eine ratlose Närrin.
Ich Narr.

Unerwartet

Du bist gekommen
gegen meine Angst,
atemlos von vielen Jahren.
Unerwartet deine Nähe
und dein Lächeln
von der anderen Seite des Raumes.

Neben dir zuhause sein
für Augenblicke,
und der ungeduldige Tag
trifft mich mutiger
mit einer Hand im Rücken.

Anfang

Der Fall der Haare,
Drehung des Kopfes,
erstaunte Zuwendung.
Für Ungesagtes
nur eine Sprache:
Vielleicht Liebe.

Einen traf ich

Einen traf ich aus Kindertagen.
Bruder Lustig
mit der Blume im Knopfloch.
Aufgelegt zum Zaubern,
schüttelte er Münzen
aus dem Ärmel,
genug für zwei Leben.

So einen kannte ich,
der das Seil mehr liebte
als die Straße,
der auf Fingern flötete
und nie Nieten zog,
so einen liebte ich,
der über die Schulter spuckte
auf morgen
und über die Hutschnur auf und davon ging.

Nichts gehortet
für den Winter,
nichts gelassen
für die Kinder
als lauter lila Lügen.
Um Mitternacht
dem großen Bär
das Fell über die Ohren gezogen
und die Tage verschlafen,
geheult mit den Kumpanen.
Mitgehangen,
mitgefangen,
zu lange zuletzt gelacht.

Rastlos unterwegs,
wunschlos glücklich,
mit leeren Taschen.
Mit dem Kopf durch die Wand,
mit dem Splitter im Auge.

Einen traf ich
aus Kindertagen,
stand ihm gegenüber,
ging an ihm vorüber,
ohne mich umzudrehn –
auf der Stelle.

Rechenfehler

Der Wetterbericht rechnet mit Regen.
Meine Tochter rechnet schon mit Tausendern.
Der Computer rechnet mit einer Fehlerquote von 0.
Meine Nachbarin rechnet stets mit dem Schlimmsten.
Ich rechne mir auch keine Chance mehr aus
an Blütenblättern.
Ja – nein – ja....

Einladung

Ich lebe am Rande der Stadt,
wo Blätter die Farbe wechseln,
wo Regen in die Gärten einfällt.
Es ist ein weiter Weg zu mir
und schwer zu beschreiben
für einen Besuch.
Jeden Montag beginne ich neu
die Tage zu teilen.
Das Mädchen am Mittag –
zum Ende der Woche
kämmt sie ihr Haar,
zertanzt ihre Träume
und liest die Wünsche von den Augen der Männer.
Da küßt sie ihr Kind zur Nacht
und glaubt, es schläft.
Da habe ich keine Chance,
da werfe ich eine Einladung
an alle in den Briefkasten
und überlasse dem Zufall,
wer den Weg findet.

Annäherung

Am liebsten nachts.
Vorbei an bewegten Gardinen,
allein den Weg durch den Park nehmen.
Auf einer Bank warten,
bis die Stadt erwacht:
Staunen über ihren Tiefschlaf,
wissen, was sie zu sagen versucht,
fragen, ob sie sich verändert hat,
seit ich wegging.
Aber wen?
Zweifeln, ob ich bleiben soll
in meiner Stadt,
die so ist wie alle Städte
und wie ich sie sehe.

Erwachen

Der Tag vor der Tür
weicht jedem Wort aus. –
Im nahen Nebel werden die Schatten hart,
während ich auf mich warte.

Herbst

Am Nachmittag nehmen
Brüderchen und Schwesterchen
die weißen Nebelkapuzen.
Unsichtbar treten sie auf die Lichtung
und tanzen den Herbstbeginn.

Wintermärchen

Willst du mein Freund sein?
Du mit dem schwarzen Herzen
und der Angst vor dem Mittag.
Leicht wiegt jeder Laut in der Schneeschaukel.
Leise tragen wir unser Lachen
auf den Stiefelspitzen davon,
zusammen gehen wir
in den Mittag.

Ophelia

Fischer, wie tief ist das Wasser?
Ophelia,
Kind mit weißen Söckchen
hebt den Rock

und mißt Fuß vor Fuß –
kopfüber –

Mutter, wie weit darf ich reisen?
Mit den Fischen flußab?
Die Angler sehen sie
schwarze Schuppen
aus der Schürze schütteln.

Sie sagt nichts weiter
vom Ring im Fischbauch
nichts –
wenn sie den Mund öffnet,
steigen Blasen leicht und leichter
und das Wasser bewegt sich kaum.

Nachtlied

Die sieben Raben fliegen ums Haus.
Laß sie nicht ein,
geh nicht hinaus.
Antworte nicht ihrem Klagelied.
Gib acht, daß keiner dich sieht.
Schwarz sind die Raben
und schwarz ist die Nacht.
Ich habe dir Milch gebracht.
Ich habe aus Federn dein Bett gemacht.
Du, schlaf dich aus.
Zu zweit atmen wir schnell.
Die Raben fliegen nicht mehr ums Haus.
Draußen wird es schon hell.

Märchen

Du spielst am Brunnen,
du spielst im Turm,
du läufst mit dem Wind um die Wette.
Dreimal hole ich deine goldene Kugel.
Ich laß mein Haar hinunter
und warte auf dich am Fuß des gläsernen Bergs.
Das Brot ist auf sieben Teller verteilt,
die Spindel verwahrt. –
In einen Kasten geordnet gute und böse Wünsche.
Manchmal verwechsle ich Wein
mit dem Wasser des Lebens
und erwache…
Wenn du mich mitspielen ließest,
müßte ich mich nicht mehr fürchten.

LA 1981

200 Jahre Sommer,
verläßlich wie die Eichen auf den gelben
Hügeln,
neugeboren wie das Kind auf dem Rücken der
Mexikanerin
und grell wie die Versprechen auf den
Reklametafeln.
Alternder Star,
zerfurcht von Highways,
keep smiling!
Die Angst vor Morgen findet im Kino statt.
Das letzte Erdbeben,
Bürgerkrieg,
Atemlosigkeit.
„Forget it".
Zum Geburtstag Los Angeles die leisen Töne,
die Dämmerung der Lichter von Downtown,
Nächte ohne schlechte Träume und mein Gedicht.

Topanga Canyon

Wohnwagen,
fester Standpunkt.
Das Fernweh, eine Zeitlang angesiedelt
zwischen Steinen, Bäumen
und Mexican Food an der Tankstelle,
setzt Rost an.
Im November spätestens
beginnt es zu regnen
und die Absichten verschwimmen von neuem.

Zeit für Steine

Ruinen alter Zeiten,
Steine, endlos einfach,
Formen,
in der Landschaft verloren,
grau und vergessen,
namenlos,
Ruhepunkt und Spur.

Hier steh ich
und kann nicht anders,
bau ich Mensch oder Maschine,
Beton oder Blume?
Brauche die Pause im Kreis,
das Versteckspiel mit dem ABC,
Bälle, zugeworfen Kindern im Spiel.

Ein Steinhaus will ich bauen,
meine Geschichte farbig in Stein ritzen
und ihn mit meiner Trauer höhlen.

Frau Lot lebt mit mir
Stonehenge wird
auch mein Geheimnis bewahren.

Für Gabriella Fekete

Inselsaison

Sonne im vergilbten Kittel,
Steine, rauh von zu viel Tritten.
Eine Wimper fällt durch den Abend.
Meergras oder Haar im gelben, gelben Licht.
Das Land auf den Lippen,
einen Atemzug lang.
Zwischen Augenrissen die Sonne:
Ein Kreuz über Schattenblumen.
Wo Worte waren,
Sand am Gaumen und unter den Lidern.
Käfer unter den Sohlen.
Die Libelle ist unterwegs,
wen sie dreimal sticht,
der muß sterben.
Das Versteck im Morgen ist nicht
für dich und mich.

Unterwegs

Manche werfen ihre Regenhaut ab,
verlassen sich auf ihren Hunger
und gehen auf und davon,
ohne Siebenmeilenstiefel und fliegende Teppiche,
nur mit einer genauen Erinnerung
an Wundertüten und Glaskugeln, in denen es schneit.
Sie reisen vom Mai in den Juni.
Die Sonne geht auf um vier Uhr zehn,
begleitet von der Musik bis zum frühen Morgen.
Aber dann kommt der erste Schnee.
Socken durchgelaufen, Handschuh vergessen,
Wartehallen überfüllt.
Rolltreppe aufwärts, Rolltreppe abwärts
auf der Suche nach einem Signal,
damit es auch bestimmt anhält, das nächste Auto
und sie mitnimmt Richtung Süden.

Inselfahrt

Auf schmalen Feldwegen fuhr ich quer über die Insel.
Es kostete etwas Rotwein und ein Lächeln
bis der Alte verriet, wann sein Esel Taler spie
und wie sein Hund heißt zwischen den Karrenrädern.
Seine Enkel kommen einmal im Monat.
Seine Frau ist lange tot.

Ich fand noch staubheiße Plätze,
zwischen weiße Mauern gepreßt;
schwarzgekleidete Frauen
saßen mit dem Rücken zur Straße.
Kinder spielten im schmutzigen Schatten.
Alles Bunte war nur auf dem Markt;
Seidenstoffe in den braunen Händen der Zigeuner.

Zufällig sah ich ihn im Patio,
von seinem Sockel gestiegen, atmete er Dämmerung.
Ich rührte mich nicht.
Ich fürchtete um eine alte Sage,
wenn er mich kommen hörte.

Eine Frage der Zeit

Ich erinnere dich
an die Mauern aus Blüten,
an unsere nächtliche Feier
bei den Kandelaberkakteen
unter dem kalten Mond,
an die stummen Zeugnisse
an Bergwände geschrieben
in Jahrhunderten –
Abzuzählen an den Fingern deiner Hand
unsere paar Tage:

Die verschenkte Zeit.
Die Frauen, die immer wissen,
wie sie ihr Haar tragen,
die mütterlichen Väter.
Die Schrift am Hotel
grüner als der Rasen,
das Wasser steinig
und bis zum Hals.

Jedes Buch in- und auswendig
und die Zeilen deines Briefes
gelesen und nicht verstanden.
Wie soll ich da klar kommen
mit meiner totgesagten Liebe
zum Süden und dir
in den zwei, drei Wochen.

Ich starre in grüne Zweige,
weiß nicht, wie sie heißen,
aber ihren Schatten nehme ich
wie das Getränk
meiner Nachbarin.

Im Schatten

Hier hättest du
mich nie getroffen...
Im Urlaub war ich unsichtbar.
Schon am Flughafen hättest du mich übersehen.
Aber ich bin mitgeflogen,
sogar am Fenster habe ich gesessen,
die Rätsel geraten,
die die Wolken aufgaben.
Dann war ich die erste im Bus,
ganz vorn hinter dem breiten Rücken des Fahrers,
neben mir das dicke Kind
bot mir von seiner Schokolade an.

Abends trank ich heißen Kakao
und saß mit dem Rücken zur Hauswand,
trug meinen langen Rock, ein wollenes Tuch um die Schultern.
In meinem Leinenbeutel
das Messer für Obst,
ein paar Geldstücke,
mein Kamm,
Stifte und ein blaues Schulheft.

Ich fror nicht,
es war mir nicht heiß.
Ich redete nicht viel,
ich schwieg nichts tot.
Ich lief nicht mehr weg
und nicht mehr im Kreis.

Ich ging vorwärts,
nicht schnell und nicht langsam,
doch zwei Stufen aufeinmal,
konnte weit voraussehen,
die schwarzen Klippen hinunter,
über die uralten Kakteen
verwurzelt im Fels,
aufs Meer.

Das war Standort und Standpunkt.
Jeden Abend nach dem Essen.
Hier traf ich mich mit dem Sturm,
dem windigen Freund,
der sich stets aus dem Staub
machen wollte wie ich.
Wir konnten uns nie aufeinander verlassen,
ob im Guten oder Bösen.

Die Musik aus den Hotels
brachte er manchmal mit
und den Geruch von Fisch
und schüttelte das Licht durcheinander.

Hier hättest du mich nie getroffen –
immer auf der Hut,
immer in Bewegung,
immer im Schatten der großen Ereignisse.

Südliches Gebiet

Aus diesen Tagen
bleibt die Farbe von Wein,
rot wie die Berührung der Feuerqualle,
eine Wunde, die nach Salz schmeckt
und eine Sepiaschale.

Ich steh am Strand,
werfe flache Steine übers Wasser,
sie springen selten zweimal.

INHALT

Unsere täglichen Kriegserklärungen

Das Betreten der Brücke